ERIC WREDE · EMILY CLAIRE VÖLKER

Wenn wir ins Gras beißen …

Das Buch vom Tod für große & kleine Menschen

Mit Tipps für Eltern und Bezugspersonen

TROST GEBEN,
ANGST NEHMEN
UND AUFKLÄREN

EMF

EIN BUCH DER
EDITION MICHAEL FISCHER

Inhaltsverzeichnis

Vorwort für die Großen

Seit fast zehn Jahren begleiten mein Team und ich bei lebensnah-Bestattungen nun schon Familien in ihrer Trauer. Wir helfen allen Trauernden, egal ob groß oder klein, jung oder alt, einen Weg zu finden, sich würdevoll von einem geliebten Menschen zu verabschieden. Dieses Buch spiegelt die Erfahrungen aus unserer Arbeit vor allem mit den jüngsten Trauernden wider, aber auch mit dem oft ungelenken Umgang der Erwachsenen mit ihnen.

Wir Erwachsenen verwenden oft merkwürdige Ausdrücke, um den Tod zu beschreiben, anstatt klar und ehrlich zu reden. Wir sprechen im Zusammenhang von Tod und Trauer von „friedlich einschlafen", „ins Gras beißen" oder „den Löffel abgeben" und haben verlernt, schlicht und direkt über unsere Gefühle und Gedanken zu reden. Kinder dagegen brauchen sehr klare Antworten und haben häufig einen anderen Zugang zu den Themen, über die Erwachsene ungern sprechen. Oft stehen dann eher technische Fragen statt emotionaler Prozesse im Vordergrund.

Wenn ich als Bestatter in Kitas, Kindergärten und Schulen Lehrer*innen und Erzieher*innen bei der Vermittlung der Themen Sterben und Trauer zur Seite stehe, stellen mir Kinder Fragen wie „Woran merkt man, dass ein Mensch nicht mehr lebt?" und „Was macht eigentlich ein Bestatter?" Dieses Buch möchte die natürliche Neugier der Kinder aufgreifen und ihre Fragen auf eine Weise beantworten, die sie verstehen können. Es lädt Erwachsene dazu ein, diese Themen gemeinsam mit den Kindern zu entdecken.

Denn während Kinder oft nach ganz praktischen Dingen fragen, machen sich Erwachsene eher Sorgen um die emotionalen Aspekte von Verlust und Trauer. Sie fragen sich, wie man mit Kindern über das Sterben oder verstorbene Personen sprechen oder was ihnen in einer solchen Situation zugetraut werden kann (oft mehr, als man denkt!). Für solche Fragen finden die großen Leser*innen in diesem Buch kleine Tippkästen, die helfen sollen, das Gespräch mit Kindern zu suchen und zu erleichtern.

Wenn wir wollen, dass Sterben und Trauern wieder ein natürlicher, wenn auch trauriger Bestandteil unseres Lebens wird, und nicht nur ein schreckliches Ereignis, das einfach über uns kommt, dann müssen wir bei unseren Kindern, ihren Fragen und vor allem ihren Bedürfnissen anfangen. Ihr Bedürfnis nach klaren Antworten und ihre Offenheit können auch uns Großen helfen, einen natürlicheren Umgang mit dem Tod zu finden.

Ziel dieses Buches ist es, mit den Kindern erste Schritte zu machen, um sich Themen wie Tod und Trauern zu nähern. Vor allem in Zeiten, in denen vielleicht kein akuter Verlust im Raum steht, kann man so den Kindern dabei helfen, sich für Situationen, die sie erleben werden, zu wappnen und in ihrem Leben besser mit Verlusten umgehen zu können.

Eric Wrede

Warum sterben wir?

Alles, was lebt, wird sterben. Pflanzen, Insekten, Säugetiere und auch wir Menschen. Alle Lebewesen bestehen aus Zellen, die sich im Laufe des Lebens erneuern. Einflüsse von außen wie Dreck in der Luft oder Einflüsse von innen, wie Fehler bei der Erneuerung der Zellen, lassen alles, was lebt, altern. Wir beginnen bereits zu altern, wenn wir 25 Jahre alt sind, bekommen erste Falten und man ist nicht mehr ganz so fit. Das Altern zieht sich dann über einen langen Zeitraum und endet mit dem Tod.

Das älteste Lebewesen, ein Schwamm in der Arktis, kann bis zu 10.000 Jahre alt werden, Menschen können knapp über 100 Jahre werden.

Die allermeisten Menschen werden im hohen Alter sterben. Dabei sterben sie, weil Ihr Herz-Kreislauf-System nicht mehr funktioniert. Sehr häufig sterben Menschen aber auch an Krankheiten, wie zum Beispiel Krebs. Hierbei teilen sich die Zellen im Körper nicht mehr kontrolliert, sondern wachsen ohne Plan. Dabei zerstören sie den Körper und der Mensch kann sterben. Wichtig ist, dass die meisten Krankheiten, an denen Menschen sterben, nicht ansteckend sind.

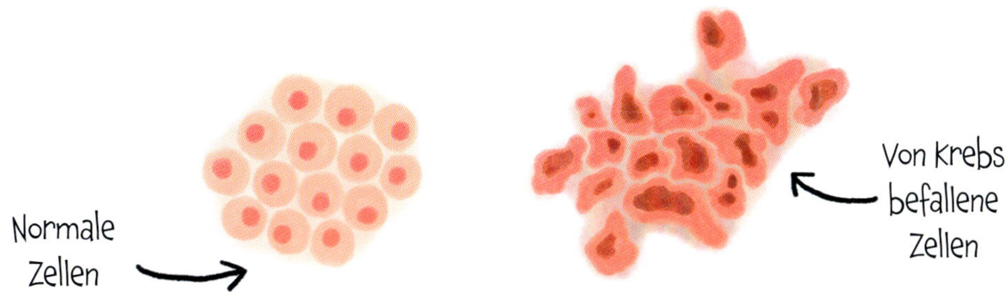

Was passiert, wenn der Körper natürlich stirbt?

Natürlich zu sterben heißt, wir sterben, weil wir alt sind oder weil unser Körper an einer schweren Krankheit leidet. Es gibt einen Ablauf, was mit unserem Körper passiert, wenn es an die letzten Lebensmomente geht.

Beim Sterben begleiten

Die moderne Medizin ist in der Lage, dafür zu sorgen, dass Menschen, die sterben müssen, keine unnötigen Schmerzen haben. Dafür gibt es besondere Medikamente.

Die meisten Menschen, die wissen, dass sie sterben müssen, zum Beispiel weil sie krank sind, wollen ihre letzten Tage am liebsten zu Hause verbringen. Manchmal geht das aber nicht mehr, weil sie viel Pflege und medizinische Unterstützung benötigen. Dann gibt es die Möglichkeit, in ein Hospiz zu gehen. Dort kümmern sich andere Menschen darum, dass es der sterbenden Person so gut wie möglich geht.

Manchmal möchten schwerkranke Menschen nicht mehr weiterleben, weil sie wissen, dass sie nie wieder gesund werden. Es gibt Organisationen, die ihnen helfen, friedlich und ohne Schmerzen zu sterben, wenn sie das wünschen.

Die Vorstellung von Krankheit ist häufig mit Schmerz und Leiden verbunden. Der letzte Schritt des Sterbens wurde jedoch von der experimentellen Neurologie so gut untersucht, dass wir gesichert sagen können, dass dort kein Leiden auf uns wartet, sondern eher ein wohliges Gefühl.

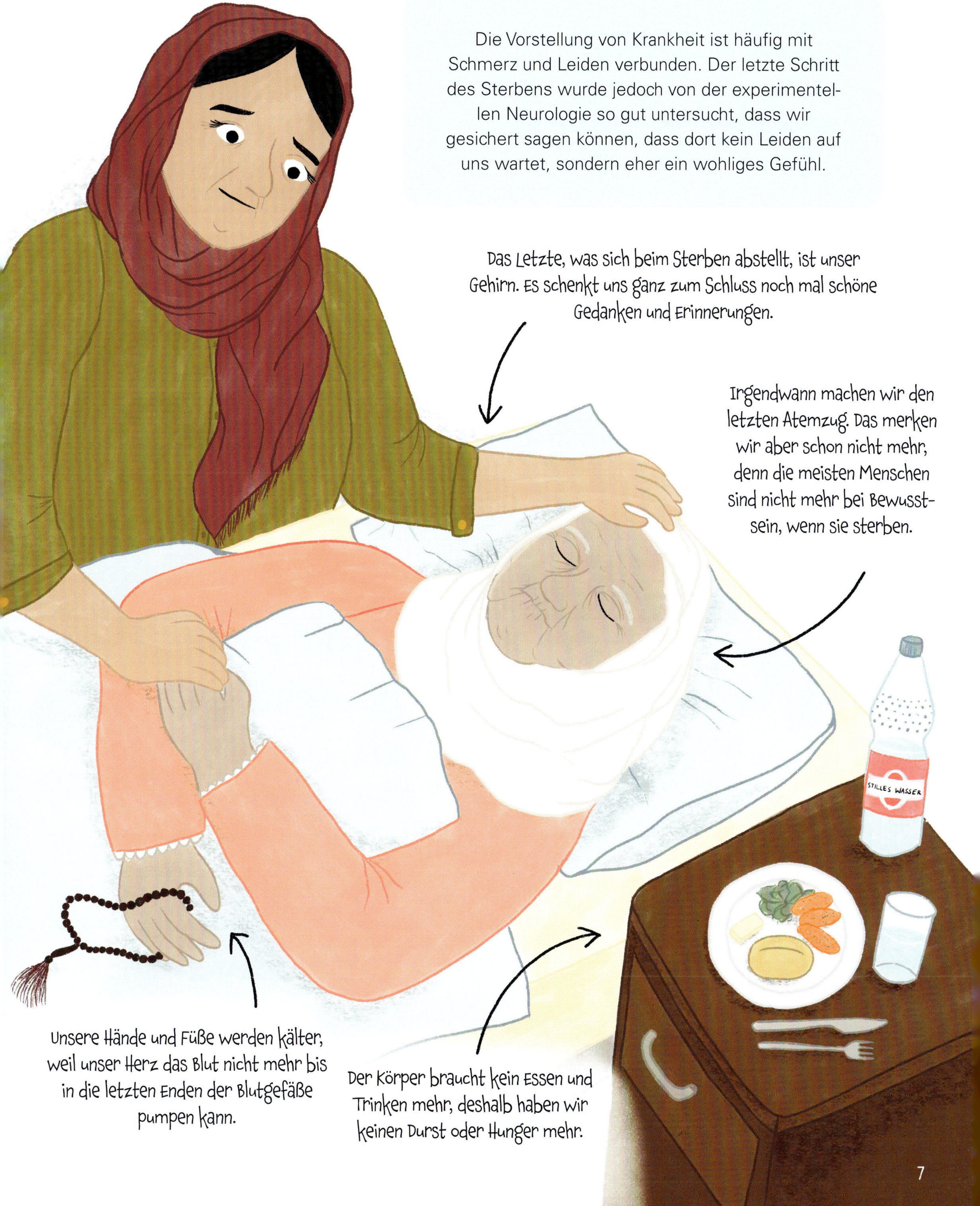

In manchen Städten kann man weiß angemalte Fahrräder entdecken. Sie markieren Orte, an denen ein Fahrradfahrer bei einem Verkehrsunfall gestorben ist.

Warum sterben nicht nur alte Menschen?

Es gibt viele Arten zu sterben. Dabei ist es wichtig zu verstehen, dass Kinder, Jugendliche und junge Erwachsene viel seltener sterben als alte Menschen. Das Risiko zu sterben steigt erst, wenn man über 40 Jahre alt ist.

Gerade bei Menschen, die noch nicht so alt sind, ist häufig eine Krankheit oder ein Unfall die Todesursache. Dann sprechen die Erwachsenen oft von einer Tragödie oder einem Unglück, weil es eben so selten ist, dass junge Menschen versterben.

In seltenen Fällen kann es vorkommen, dass ganz kleine Babys unerwartet sterben, das nennt man plötzlichen Kindstod. Babys, die vor oder kurz nach der Geburt versterben, werden auch Sternenkinder genannt.

Vielen Menschen fällt es schwer, über das Sterben und den Tod zu sprechen oder einem Kind zu erklären, dass jemand gestorben ist. Für ein solches Gespräch helfen die „vier W": Was, Wann, Wie und Warum.

„Tante Ann hat mich angerufen. Oma ist verstorben. Gestern Abend. Sie hatte einen Fahrradunfall und sie hat sich dabei so doll verletzt, dass man sie auch im Krankenhaus nicht retten konnte."

Im zweiten Schritt kann man etwas zu seinen eigenen Gefühlen sagen, um dem Gegenüber den Einstieg und gegebenenfalls eine Reaktion zu erleichtern: „Ich bin so traurig und weiß nicht, was ich dazu sagen soll."

Je nach Reaktion kann man danach in Form von Fragen Angebote machen: „Wollen wir zusammen für Oma eine Kerze anmachen?", „Wollen wir uns zusammen Fotos anschauen?", „Möchtest du ein bisschen Ruhe und ich gehe mal kurz raus?".

Woran merken wir, dass ein Mensch nicht mehr lebt?

Um sicher festzustellen, dass ein Mensch nicht mehr lebt, braucht es immer eine Ärztin oder einen Arzt, die oder der den Körper genau untersuchen muss. Es reicht nicht aus, dass wir nicht mehr atmen. Denn im Krankenhaus können Menschen, die selbst nicht mehr atmen können, heutzutage noch sehr lange mit Maschinen am Leben erhalten werden.

Zuerst schaut der Arzt oder die Ärtzin, ob der Tod durch Verletzungen passiert sein kann, die so stark sind, dass man mit ihnen nicht mehr leben kann.

Dann wird geprüft, ob die Muskeln des verstorbenen Menschen ganz fest geworden sind. Das nennen wir Leichenstarre. Diese Starre geht nach ein paar Tagen wieder weg.

Danach bilden sich vor allem an der unteren Seite des Körpers dunkle Flecken, welche ein bisschen wie blaue Flecken aussehen.

Und wenn ein Mensch schon länger verstorben ist, dann fängt er an, sich zu zersetzen – wie Früchte oder Fleisch, die zu lange in der Sonne lagen. Das ist ein weiteres ganz sicheres Merkmal, dass ein Mensch nicht mehr lebt.

Irgendwann sind nur noch Knochen übrig

DAS PASSIERT IN DEN ERSTEN STUNDEN NACH DEM TOD:

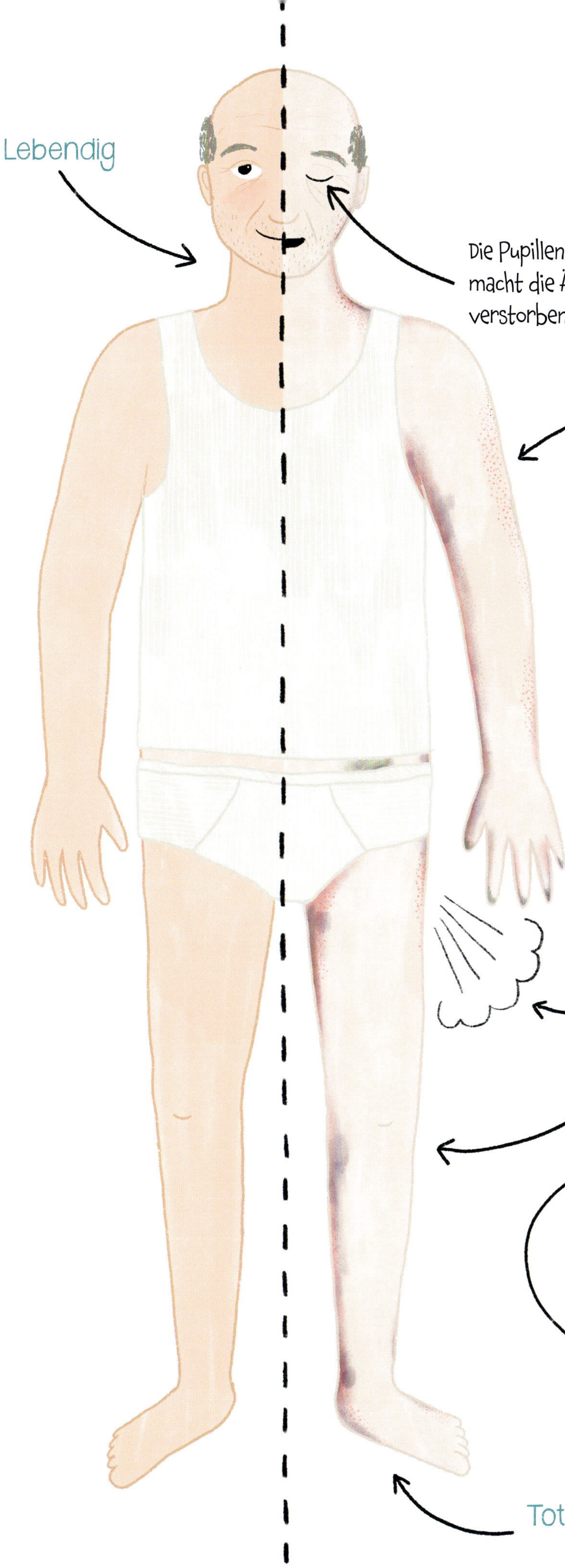

Die Pupillen werden größer, der Blick starr. Deshalb macht die Ärztin oder der Arzt oft die Augen der verstorbenen Person zu.

Haare, Bart, Fingernägel und unser Körper hören auf zu wachsen.

Wir bekommen dunkle Fingerspitzen, weil unser Blut nicht mehr transportiert wird und sich dort sammelt.

Manchmal pupst oder pullert man noch einmal, weil sich die Muskeln, die den Pups drinnen halten können, lockern.

Die Haut wird sehr blass.

Der ganze Körper kühlt ab und fühlt sich kalt an, wenn man ihn anfasst.

Was passiert mit einem toten Körper?

Wenn ein Lebewesen in der freien Natur stirbt, dann kommen ganz schnell Aasfresser, von kleinen Insekten bis zu großen Raubtieren, für die der tote Körper Nahrung ist. So sorgt die Natur für Ordnung und das verstorbene Wesen dient dazu, anderes Leben zu erhalten. Damit diese Aasfresser und Insekten den toten Körper auch schnell finden, entwickelt er bald nach dem Tod einen süß-säuerlichen Geruch.

Wenn Menschen sterben, wollen wir natürlich nicht, dass Aasfresser kommen. Deswegen werden menschliche Körper heutzutage bis zum Tag der Bestattung in Kühlräumen aufbewahrt – ähnlich einem Kühlschrank zu Hause. Denn wenn sie nicht gekühlt werden, würden sich unsere Körper nach dem Tod auch ganz ohne Hilfe von außen zersetzen. Das passiert über Flüssigkeiten, die in einem gesunden Körper eigentlich dafür da sind, unser Essen zu verdauen und zu zerkleinern. Das Ganze beginnt in unserem Bauch und greift dann auf den gesamten Körper über.

Aber ganz wichtig: Jemand, der gerade verstorben ist, ist nicht giftig oder gefährlich!

Vielen Kindern ist es sehr wichtig, allen Lebewesen eine Beerdigung zukommen zu lassen. Für verstorbene Haustiere oder gefundene tote Nagetiere, Amphibien und Insekten kann man auch selbst einen Minisarg bauen. Dafür reicht ein hübsch geschmückter Schuhkarton. Die Beerdigung kann von Kindern mit einer Rede und einem kleinen Grabstein gestaltet werden. Dabei sollte beachtet werden, dass nur Kleintiere auf dem eigenen Grundstück und in einem ausreichend tiefen Grab (mindestens 50 cm) begraben werden dürfen.

Warum bestatten wir unsere Toten?

Seit vielen Jahrtausenden, in allen Regionen und Religionen der Welt, werden die Verstorbenen nach ihrem Tod in Würde vorbereitet und bestattet. Damit schenken wir ihnen einen Platz, an dem ihre Körper ungestört ruhen können und an den die Hinterbliebenen gehen können, um die Verstorbenen zu besuchen, sich an sie zu erinnern und zu trauern.

„Die Liebenden von Valdaro" werden zwei Skelette genannt, die vor über 5000 Jahren in Norditalien gemeinsam begraben wurden. Man fand die beiden eng umschlungen, deshalb glauben viele, dass sie ein Liebespaar waren – aber sicher weiß das niemand!

Das älteste uns bekannte Grab ist 240.000 Jahre alt und liegt in Südafrika.

Anubis ist der ägyptische Gott der Totenriten. Er sieht aus wie ein Schakal.

Pharaonen im alten Ägypten bauten große Pyramiden, um ihre Macht zu zeigen und ihren mumifizierten Körpern ein Zuhause für die Ewigkeit zu geben.

Die Wikinger verbrannten ihre Verstorbenen auf einem Boot, das sie anzündenten und auf See schoben.

Vor allem in Norddeutschland und Skandinavien findet man noch Hünengräber. Das sind fast 6000 Jahre alte Erd- und Sandhaufen, in denen eine Anordnung von sehr großen Steinen das Grab für einen Menschen aus der Steinzeit markiert. Diese riesigen Steine haben Menschen noch ganz ohne Kran bewegt!

Kinder entwickeln oft ganz eigene Vorstellungen davon, was passiert, nachdem wir gestorben sind. Bei sehr verklärten oder Angst einflößenden Fantasien darf man sie vorsichtig korrigieren und sollte dabei klar und direkt in der Sprache bleiben. Es sollten keine Umschreibungen genutzt werden wie „Opa ist friedlich eingeschlafen" oder „Mama ist in den Himmel geflogen." Ziel sollte es sein, Kinder in ihrer Vorstellung abzuholen, ohne sie dabei zu verschrecken oder anzulügen.

Weil es im höchsten Gebirge der Welt, dem Himalaya, zu wenig Holz für eine Feuerbestattung gibt, legen die Menschen dort ihre Toten unter freien Himmel, wo ihre Körper von Vögeln und anderen Tieren gefressen werden können. Dahinter steckt der Glaube, dass dadurch die Seele der Verstorbenen in ihr nächstes Leben getragen wird.

Trauerfeiern weltweit

Überall auf der Welt haben sich unterschiedliche, oft religiöse Traditionen und Rituale entwickelt, die regeln, was passiert, wenn jemand stirbt. Auch wenn diese Traditionen sehr unterschiedlich sein können, kann man häufig große Ähnlichkeiten entdecken. Denn allen gemeinsam ist, dass sie den hinterbliebenen Menschen helfen sollen, Halt zu finden und gemeinsam zu trauern. Außerdem sollen diese Rituale auch den verstorbenen Menschen ehren und seine Erinnerung bewahren.

Eine jüdische Trauerfeier

Leos Tante Rahel stirbt zu Hause. Teile der jüdischen Gemeinde kümmern sich in ihren letzten Tagen um sie. Nach ihrem Tod wird Rahels Körper gewaschen und in weiße Kleidung gehüllt. In den ersten sieben Tagen nach der Beerdigung kommt die Familie zum Schiwa-Sitzen zusammen. Sie trauern gemeinsam und stehen einander bei.

Jüdische Menschen bestatten ihre Toten in ein Tuch eingewickelt auf dem jüdischen Friedhof. Für Leos Tante ist es wichtig, dass sie ihr Grab für alle Ewigkeit hat und niemand anderes in Zukunft darin beerdigt wird.

Eine muslimische Beerdigung

Elifs Anneanne* Gülay wird nach ihrem Tod von einer anderen muslimischen Frau rituell gewaschen, denn als verstorbene Muslima möchte sie rein vor Allah, dem Gott der Muslime, erscheinen. Elifs Anne** hilft bei der rituellen Waschung, weil Anneanne es sich so gewünscht hat. Danach wird Gülays Körper nackt in ein weißes Tuch gewickelt, sodass man ihn nicht mehr sieht.

Spätestens einen Tag nach ihrem Tod soll der Körper von Anneanne beerdigt werden. Manche Menschen islamischen Glaubens lassen sich dafür ins Ausland überführen, um in einem muslimischen Land begraben zu werden. Der Imam, der Priester bei den Muslimen, geht vorweg, und die Männer der Familie tragen den Körper von Anneanne. Wenn sie ins Grab gelegt wird, wird ihr Körper so hingelegt, dass Gülay in Richtung der Stadt Mekka blickt, denn dieser Ort ist muslimischen Menschen heilig.

Viele türkische Familien stellen die Schuhe der verstorbenen Person für Bedürftige vor die Haustüre, um zu symbolisieren, dass dieser Mensch das Leben auf der Erde verlassen hat und nun bei Allah ist. Die Schuhe darf jeder mitnehmen, der sie brauchen kann.

* türkisch: Oma mütterlicherseits

** türkisch: Mama

„Sai Sin“ ist ein heiliger Faden, der den Verstorbenen schützen soll.

Ein eigener Tempel für Opa

Parans Opa Sunan kommt aus Thailand und ist Buddhist. Er glaubt daran, dass er nach dem Tod als ein anderes Lebewesen wiedergeboren wird. Sunans Körper wird noch für ein paar Tage im offenen Sarg aufgebahrt, weil Parans Familie glaubt, dass es eine Energie gibt, die den Körper noch verlassen muss, bevor er bestattet wird. Parans Familie kommt mehrere Abende zusammen und isst gemeinsam, dabei sind Mönche anwesend und beten für Parans Opa.

Sunans Körper wird verbrannt. Seine Asche wird dreigeteilt. Ein großer Teil davon wird ins Meer geworfen, ein kleiner Teil kommt in den Stammtempel der Familie und einen ganz kleinen Teil nimmt Parans Familie mit zu sich nach Hause.

Bevor Parans Opa verbrannt wird, legen die Tauernden Gaben in seinen Sarg, zum Beispiel Essen oder Blumen.

Die farbenfrohesten Särge der Welt gibt es in Ghana

Ghana liegt auf dem afrikanischen Kontinent und dort gibt es die vielleicht besten Särge der Welt. Viele Menschen überlegen sich schon zu Lebzeiten, wie ihr Sarg einmal aussehen soll und lassen ihn sich nach ihren Vorstellungen bauen. So beschäftigen sich die Menschen bereits während sie noch leben mit dem Sterben und gewöhnen sich an den Gedanken, dass sie nicht ewig leben werden. Die Särge, die sie sich wünschen, sind sehr bunt und stehen für das Leben des verstorbenen Menschen.

Der Bauer liegt in einem Sarg, der aussieht wie ein bunter Hahn.

Menschen, die gerne Auto fahren, bekommen einen Sarg, der wie ein Auto aussieht, und Fußballer werden in einem riesigen Turnschuh beerdigt.

Was passiert in einem Bestattungsinstitut?

Bestatter*innen bereiten die Verstorbenen auf ihre Beisetzung vor und unterstützen deren Familien und Freunde dabei, das Begräbnis zu planen und zu organisieren.

Der Beruf des Bestatters hat sich vor allem entwickelt, um trauernde Menschen zu begleiten und ihnen zu helfen. Für viele religiöse Menschen sollte eine bestimmte Art der Bestattung dabei helfen, in den Himmel zu kommen oder als neues Lebewesen wiedergeboren zu werden. Es wurde auch immer wichtiger, sich um verstorbene Menschen zu kümmern, weil in großen Städten Verstorbene, die an ansteckenden Krankheiten litten und nicht schnell genug bestattet wurden, auch als Krankheitsüberträger für Lebende eine Gefahr wurden.

Kindern sollte es immer frei stehen, ob sie bei Verabschiedungen, zum Beispiel im Bestattungsinstitut oder am Sarg, dabei sein möchten. Am besten spricht man zuvor mit ihnen und klärt ab, ob sie teilnehmen und mitmachen möchten oder ob sie den verstorbenen Menschen lieber nicht noch mal sehen wollen. Diese Entscheidung sollte aber im Gespräch mit ihnen und nicht nur von den Erwachsenen getroffen werden.

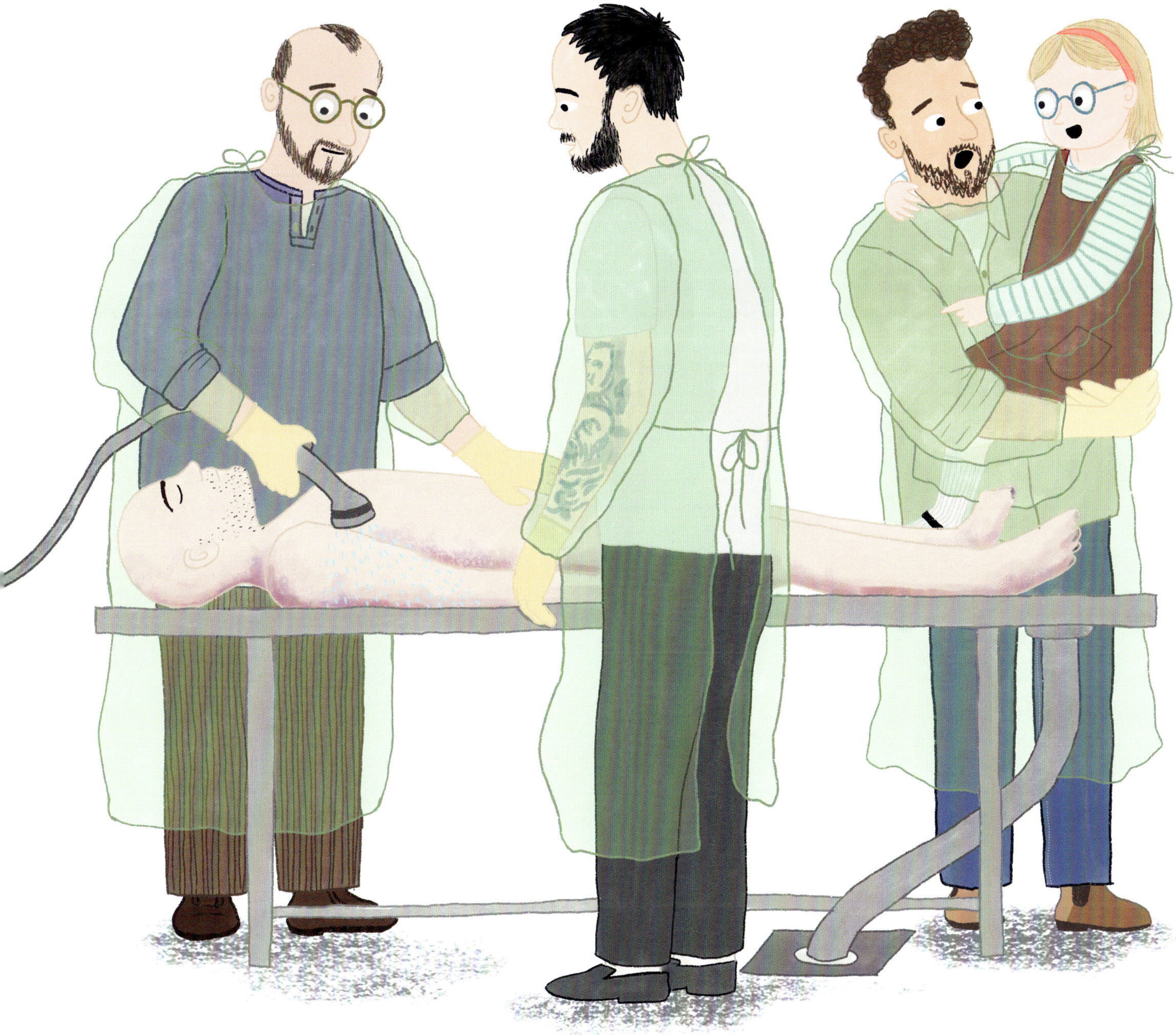

Wenn ein Mensch stirbt, wird er in einem Leichenwagen von zu Hause, vom Krankenhaus oder dem Ort, wo er gestorben ist, in einen gekühlten Raum gebracht. Dort wird er auf die Beerdigung vorbereitet. Bei Menschen, die immer geschminkt waren, schminken die Bestatter*innen sie noch mal. Wenn sie verletzt wurden, werden die Wunden versorgt und manchmal wäscht man die Verstorbenen auch ein letztes Mal. Bevor der Mensch in den Sarg gelegt wird, ziehen Bestatter*innen ihm die eigene Kleidung an.

Alle diese Schritte können von Freunden und Familien begleitet werden, um sich so gemeinsam um den verstorbenen Menschen zu kümmern.

Traurig sein, aber das Leben feiern

Eine Bestattung sollte ein sehr liebevolles Ereignis sein, bei dem sich die Familie und andere Hinterbliebene von der verstorbenen Person verabschieden können und man sich gemeinsam an das Leben eines geliebten Menschen erinnert. Dabei kann man zusammen weinen, aber auch zusammen lächeln.

Im Gespräch mit dem Bestattungsinstitut überlegt Jaffes Familie, was für Opas Beerdigung toll wäre. Wo er bestattet werden soll, was bei der Beerdigung passieren und welche Musik gespielt werden soll. Immer wieder weint Jaffes Papa, weil Opa ja sein Papa war.

Gemeinsam beschließen sie, dass Opas Jazzband spielen soll, denn Opa hat so toll Trompete gespielt. Neben Opas Namen soll auf dem Grabstein auch noch eine kleine Trompete eingraviert werden, bei Oma ist eine Katze daneben.

Mit einem Freund aus der Jazzband hält Papa die Rede. Sie sprechen immer abwechselnd über das, was sie an Opa so toll fanden und was sie besonders vermissen werden.

Jaffes Opa hatte immer diese kratzige Strickjacke an. Die trägt er auch, als die ganze Familie noch einmal im Bestattungsinstitut vorbeischaut, um sich bei Opa am offenen Sarg zu verabschieden.

Mit Jaffe zusammen legt Papa Fotos von Opa aus den gemeinsamen Urlauben mit in den Sarg. Jaffe legt ihm eines von seinen Lieblingsbüchern dazu, damit es Opa nicht so langweilig wird.

Die Erdbestattung im Sarg oder Tuch

Die älteste Form, Menschen zu bestatten, ist, sie in der Erde zu vergraben. Eines der ältesten Gräber in Deutschland war für ein Kind, das von seinen Eltern liebevoll beerdigt wurde. Es ist ca. 8500 Jahre alt.

Schon in der Vergangenheit wurden den Menschen manchmal Beigaben und Geschenke mit ins Grab gelegt. Das waren oft Waffen, Schmuck oder auch Essen, das sie auf ihrer Reise ins Jenseits stärken sollte.

Je nachdem, wie die Erde auf dem Friedhof ist, dauert es zwischen 10 und 20 Jahren, bis vom Körper nichts mehr übrig ist als die Knochen.

Für Kinder kann es sehr spannend sein, einfach mal über einen Friedhof zu spazieren. Es gibt dort jede Menge schön verzierter Gräber und Grabsteine mit Inschriften, Namen und Geburtsdaten zu entdecken. Auch viele Tiere, die auf Friedhöfen leben, wie zum Beispiel Eichhörnchen und Vögel, können beobachtet werden. Ein solcher Besuch ist eine tolle Gelegenheit, Kinder an das Thema Tod heranzuführen und über das Sterben und Beerdigen zu sprechen, ohne dass sie akut von Trauer betroffen sind.

Heute werden wir für Erdbestattungen in einen Sarg gebettet oder, wenn es für die verstorbene Person aus religiösen Gründen wichtig ist, in ein Tuch gelegt. Bei der christlichen Beerdigung steht der Sarg in der Kapelle auf dem Friedhof, bevor er von Sargträger*innen oder Freundinnen und Freunden zur Grabstelle getragen und mit Seilen hinuntergelassen wird. Oft leitet jemand Geistliches die Beerdigung, nimmt die Segnung vor und hält die Rede für den verstorbenen Menschen. Zum Schluss der Trauerfeier verschließen die Gäste das Grab symbolisch mit einer Handvoll Erde oder Blumen, bevor es mit Erde aufgefüllt wird.

Die Einäscherung

Heute ist eine der häufigsten Arten, einen Menschen zu bestatten, die Feuerbestattung. Dabei wird der Körper so heiß verbrannt, dass nur noch unsere Knochen übrigbleiben. Das Verbrennen wird auch „Einäscherung“ genannt. Das passiert an einem Ort, der sich Krematorium nennt. Darin stehen große Öfen, in denen die Körper der verstorbenen Menschen im Holzsarg verbrannt werden. Die verbleibenden Knochen und Asche werden am Ende zerkleinert, in eine Urne gefüllt und darin beigesetzt.

Ganz häufig sind Freunde und Familien mit bei der Einäscherung dabei und legen dem verstorbenen Menschen noch eine kleine Gabe mit in den Sarg, bevor er verbrannt wird.

Über Schienen wird der Sarg in den Ofen gefahren.

Eine Urne ist ein Gefäß, das aussieht wie eine verschlossene Vase.

Von einem erwachsenen Menschen bleiben ungefähr drei Kilogramm Asche übrig. Was kennst du, das auch so viel wiegt?

Die Bestattung im Wald

Nicht alle Menschen wollen heute auf einem Friedhof beerdigt werden, sondern möchten stattdessen lieber in der Natur bestattet werden. An manchen Orten gibt es deshalb spezielle Wälder, in denen zwar keine Särge, aber die Urnen mit der Asche von Menschen beerdigt werden können.

Isabells Onkel war immer gerne in der Natur, also wollte er in einem Wald beerdigt werden. Isabells Familie findet die Idee auch gut, weil sie hier im Wald immer spazieren gehen und sein Grab besuchen können.

Gemeinsam mit der Försterin sucht Isabells Familie einen Baum für ihren Onkel aus, an dem seine Asche begraben werden soll. Sie entscheiden sich für eine kleine Buche, weil im Garten ihres Onkels auch zwei Buchen stehen. Isabell gefällt der Baum auch, weil die Sonne so schön durch die Blätter scheint.

Am Tag der Beerdigung hören sie die Lieblingsmusik von Isabells Onkel.

Isabells Papa liest einen Brief an seinen verstorbenen Bruder vor und das Fußballteam, in dem ihr Onkel gespielt hat, kommt im Teamtrikot.

Die Seebestattung

Die Seebestattung ist eine der ältesten Formen der Beisetzung. Seit Menschen zur See fahren, wurden Seeleute, die auf Schiffen starben, im Meer bestattet. Früher hat man sie in ein Segel eingewickelt und mit Gewichten beschwert, damit sie untergehen. So wurden die Verstorbenen dem Meer übergeben.

Wenn heute ein Mensch mitten auf dem Ozean stirbt, wird er nicht mehr im Meer bestattet, sondern in einem Kühlraum an Bord mit zum nächsten Hafen genommen, um an Land beerdigt zu werden.

Manche Menschen wünschen sich aber, im Wasser bestattet zu werden. Dazu wird der Körper vorher eingeäschert, also verbrannt. Die Asche wird dann in einer Urne dem Meer übergeben.

Dazu versammeln sich alle Freund*innen und die Familie auf dem Schiff. Oft gibt es Musik und eine Rede. Der*die Kapitän*in oder jemand von den Angehörigen lässt an einem bestimmten Ort die Urne zu Wasser. Dabei wird die Schiffsglocke acht Mal geschlagen. Das nennt man Glasen. Danach fährt das Schiff mehrfach im Kreis um die Stelle, wo die Urne ins Wasser gelassen worden ist.

Alternative Bestattungsformen

Die meisten Menschen, die sterben, werden entweder beerdigt oder verbrannt. Es wird aber noch an weiteren Methoden gearbeitet, einen Menschen zu bestatten. Eine der spannendsten neuen Arten der Bestattung ist die Kompostierung. Dabei zersetzt sich der Körper wie bei einer Erdbestattung zu Erde – das geht hier aber viel schneller. Der Körper wird zusammen mit Stroh und anderen Pflanzen in einen Kokon gelegt, wo er innerhalb weniger Wochen zu Kompost wird. Die daraus entstehende Erde muss danach auf einem Friedhof beigesetzt werden.

Der Körper bleibt 40 Tage im Kokon, dann ist er zu Erde geworden und kann auf einem Friedhof beerdigt werden.

Viele alternative und nachhaltigere Bestattungsmethoden befinden sich noch in der Entwicklungsphase oder sind in Deutschland noch nicht als erlaubte Bestattungsart zugelassen. Es ist auch nicht klar, ob sie jemals alle zugelassen werden. Für Kinder kann es jedoch spannend sein, sich Gedanken über weitere Möglichkeiten zu machen, was mit einem Verstorbenen passieren kann.

Bestattungen und Nachhaltigkeit

Jeden Tag sterben auf der Erde etwa 160.000 Menschen. Das sind mehr, als ins größte Fußballstadion der Welt passen! Die Bestattung dieser Menschen verbraucht Platz und Energie. Das ist leider nicht immer gut für die Natur. Daher fragen sich heute viele Menschen, wie wir Bestattungen besser für die Umwelt gestalten können.

Gemeinsam mit ihrer Familie dekoriert Felicitas den Fichtensarg ihres Opas.

Selbermachen hilft beim Trauern, das gilt für Groß und Klein. Man kann also versuchen, Sachen selbst zu gestalten, beispielsweise Gestecke zusammenstellen, die Trauerrede schreiben, sich Gedanken um die passende Musik oder kleine Beigaben zu machen, Bilder zum Abschied malen und in den Sarg legen …

Das ist nicht nur nachhaltig, sondern auch psychologisch wichtig. Denn bei einem Verlust hilft es meist, wieder in eine aktive Handlung zu kommen und nicht mehr nur noch zu reagieren.

Es gibt Bäume, die sehr lange brauchen, um zu wachsen, zum Beispiel Eichen. Deshalb ist es besser, das Holz von Kiefern oder Fichten für Särge zu nehmen. Die wachsen ganz schnell nach.

Auch bei der Auswahl der Urne kann man darauf achten, dass sie sich möglichst gut zersetzt. Zum Beispiel gibt es mittlerweile nachhaltige Urnen aus Kohle, Holz, Sand, Papier und Salz, die sich im Boden oder im Meerwasser sehr schnell abbauen.

Felicitas Opa bekommt ein nachhaltiges Grabmal aus Holz mit einem Emailleschild.

Seine Urne ist aus Kohlenstoff, der sich schnell zersetzt.

Hast du dich mal gefragt, woher die Grabsteine kommen, die an Gräbern aufgestellt werden? Am besten ist es, wenn diese gar nicht so weit reisen müssen. Es gibt auch tolle Alternativen zu Grabsteinen, wie Holzkreuze oder selbstbemalte Findlinge.

Statt Gestecke für das Grab im Laden zu kaufen, kann man zum Beispiel auch Blumen im Garten sammeln oder eine Dekoration aus Materialien basteln, die man im Wald findet.

Warum trauern wir?

Ganz viele Lebewesen, nicht nur wir Menschen, empfinden Trauer, wenn uns etwas fehlt oder sich etwas Wichtiges verändert hat. Menschen erleben und empfinden Trauer unterschiedlich: Manche weinen, andere sind wütend oder fühlen sich leer und lustlos. Trauer kann viele Gesichter haben und kann sehr weh tun.

Manchmal wird uns gesagt, dass wir nicht weinen sollen oder nicht wütend sein dürfen. Aber es ist wichtig, diese Gefühle zuzulassen, und oft hilft es, mit jemandem darüber zu sprechen, wie wir uns fühlen. Und manchmal hilft uns Trauer dabei, uns selbst und andere Menschen besser zu verstehen.

Miguel trauert, weil sein bester Freund Yve in eine andere Stadt zieht und sie sich jetzt nur noch in den Ferien sehen können.

Seit Felicitas Opa gestorben ist, trauert nicht nur sie, sondern auch Opas Dogge verhält sich anders. Der Hund springt jedes Mal erwartungsvoll auf und hofft, dass Opa Ernst wiederkommt, wenn Felicitas Papa mit dem alten Auto von Opa am Haus vorfährt.

Stepane ist wütend auf die Ärzte, die seinen Papa nicht retten konnten.

Zu oft denken wir bei Trauer nur an Traurigkeit. Doch Trauer ist kein Gefühl, sondern ein Zustand. Die Gefühle, welche wir in Trauer erleben, können die ganze Bandbreite von Wut, Zorn, Traurigkeit und tiefe Liebe in sich tragen.

Um mit Kindern über ihre Trauer zu sprechen, können folgende Fragen hilfreich sein: „Worüber können wir noch trauern?", „Was macht dich traurig oder wütend?", „Was hilft dir dann?". Damit legen wir den Grundstein für die Kompetenz, später mit Verlust- und Überforderungssituationen umzugehen.

Warum trauern wichtig ist und was hilft

Es ist ganz normal zu trauern. Wenn wir trauern, hat das immer einen Grund, und bei fast allen Menschen wird der Schmerz mit der Zeit besser. Zu trauern braucht Zeit – Wochen, Monate und manchmal sogar Jahre. Am Anfang kann es sein, dass du dich fühlst, als gäbe es keinen Platz für etwas anderes als Traurigkeit. Aber nach einiger Zeit wirst du feststellen, dass sich das verändert hat und du entscheiden kannst, wann du die Trauer zulässt. Am Ende wird die Trauer nicht einfach verschwinden, sondern sie wird ein Teil deines Lebens.

Es ist wichtig, dass du dich mit der Trauer beschäftigst und sie ausdrückst. Sie lässt sich nicht einfach wegschieben. Hier findest du ein paar Beispiele, wie Edith mit der Trauer um ihre Oma umgeht:

Ediths Lieblingsoma Ilse ist vor kurzem gestorben. Sie geht gerne mit ihrer Mama auf den Friedhof und bringt Oma immer zwei von den leckeren Butterkeksen mit, die sie so mochte. Edith wird manchmal traurig, wenn sie andere Kinder mit ihren Großeltern sieht, weil ihr Oma Ilse dann besonders fehlt.

Ihr hilft es, mit Mama darüber zu sprechen, was sie eigentlich vermisst und dass es sie traurig macht.

Trauer betrifft alle, aber niemand muss dabei alleine sein. Im Vordergrund der Trauerbewältigung sollte nicht die eigene Traurigkeit stehen, sondern das, worum man trauert. Dinge, die an die verstorbene Person denken lassen, helfen dabei, das Positive zu erinnern und geben Handlungen und Struktur. Das hilft allen Generationen und schlägt Brücken zu noch lebenden geliebten Menschen.
Übrigens: Bei Kindern ist es ganz normal, dass sich Gefühle von tiefer Trauer sehr schnell mit Lachen und Unbekümmertheit abwechseln können – Kinder trauern anders als Erwachsene, aber nicht weniger intensiv.

Edith hört gerne Geschichten über ihre Oma. Sie findet es spannend zu hören, wie Oma als Kind war. Vor allem Opa kann da gute Geschichten erzählen, obwohl er manchmal weint, wenn er über Oma spricht.

Die schönen Erinnerungen zu bewahren, hilft Edith.

Gemeinsam mit Mama schreibt Edith all die leckeren Gerichte auf, die Oma so gut kochen konnte, damit sie nicht in Vergessenheit geraten.

Eure Rechte beim Trauern

Jeder Mensch trauert anders. Dabei haben wir alle das Recht darauf, die Zeit und die Möglichkeiten zu bekommen, unsere Trauer auszudrücken. Denn Trauer lebt vom Machen und Rauslassen.

Stepane fragt der Bestatterin Löcher in den Bauch: Wo ist Opa jetzt? Wie sieht er nun aus? Wie viel wiegt so ein Sarg? Beißen Verstorbene wirklich ins Gras?

Fragen stellen

Zum Thema Tod und Sterben gibt es ganz viel zu fragen und zu erfahren. Das ist wichtig und Neugier ist ganz normal. Deshalb frag alles, was dich interessiert. Es ist eine gute Idee, die Fragen jemandem zu stellen, der selber gerade nicht trauert.

Mitmachen hilft

Bei einer Beerdigung gibt es ganz viele Aufgaben, um die sich gekümmert werden kann. Überlege mit den Erwachsenen, was Sachen sind, die du übernehmen kannst. Weißt du, welche Blumen der Mensch mochte oder willst du am Tag der Beerdigung mithelfen, die Kapelle zu schmücken?

Zusammen mit Papa überlegt Jaffe sich, welche Lieder die Band für Opa spielen soll.

Zeit geben

Nicht nur du brauchst Zeit für dich, wenn du traurig bist, auch Erwachsene dürfen Zeit für sich wollen, wenn sie trauern. Deshalb ist es wichtig, darauf zu achten, was du und die anderen gerade brauchen. Manche möchten in Ruhe gelassen werden, andere wünschen sich Ablenkung.

Edith trauert noch um ihre Oma. Einmal im Monat trifft sie andere Kinder, deren Großeltern auch gestorben sind. In der Zeit gehen Ediths Opa und Mama auf den Friedhof, denn sie trauern ja auch.

Trauer ausdrücken

Gefühle wie Traurigkeit, Wut, Einsamkeit oder Unsicherheit darf man ausdrücken. Es ist okay, wenn man weinen, schreien oder schweigen möchte. Man kann diese Gefühle auch zum Ausdruck bringen, indem man malt, singt oder sich Geschichten ausdenkt. All das kann helfen, mit der Trauer umzugehen.

Paran überlegt sich immer wieder, in welcher Gestalt sein Opa wohl wiedergeboren werden wird und malt Bilder von den Lebewesen, die er jetzt sein könnte.

Alltag leben

Niemand kann und soll ständig in Trauer sein. Es ist in Ordnung, wenn du dich manchmal mit Menschen umgeben möchtest, die gerade nicht trauern. Es kann helfen, sich abzulenken, wenn du ganz normal in den Kindergarten, in die Schule oder zum Sport gehst und dich mit Freunden und Freundinnen triffst.

Leo trifft sich mit Freunden zum Fußballspielen. Manchmal muss er ein wenig traurig daran denken, wie ihn Tante Rahel von den Zuschauertribünen angefeuert hat, aber wenn er Fußball spielt, fühlt sich Leo glücklich und frei.

Ängste nehmen

Manchmal haben Kinder oder Erwachsene das Gefühl, dass sie Schuld am Tod eines Menschen haben könnten. Es ist sehr wichtig, darüber zu reden und zuzuhören, denn nur so können wir diese Gefühle teilen und man erfährt dabei, dass die anderen ähnliche Gedanken haben. Denn eins ist wichtig: Am Tod eines Menschen haben Kinder keine Schuld!

Isabell denkt manchmal, dass sie schuld am Tod ihres Onkels ist, weil sie ihn beim letzten Besuch so doof fand. Papa erklärt ihr aber, dass ihr Onkel schon viel länger krank war, als Isabell auf der Welt ist und niemand etwas dafürkann, dass er gestorben ist.

Hat man das Gefühl, dass sich Schuldfragen nicht lösen lassen, ist es ratsam, einen Kinderpsychologen hinzuzuziehen. Ein fragendes „Habe ich vielleicht Schuld?" ist nicht ungewöhnlich, aber wenn daraus ein dauerhaftes „Ich habe Schuld" wird, brauchen wir professionelle Unterstützung.

Das Sterben eint uns

Egal, ob in Phuket, Kairo oder Berlin – überall müssen Menschen sterben und werden bestattet. Auch getrauert wird in der ganzen Welt, denn wenn wir jemanden liebhaben, wird dieser Mensch irgendwann nicht mehr da sein. Darin sind wir alle gleich und sollten deswegen genau in diesen Momenten zusammenhalten.

Bestattungen sind immer traurige Anlässe, weil wir einen geliebten Menschen verabschieden. Zugleich dürfen sie aber auch bunt und fröhlich sein, denn wir feiern damit auch das Leben der verstorbenen Person. Jeder hat die tollste Bestattung der Welt verdient.

WIR ALLE WERDEN EINES TAGES STERBEN. UMSO WICHTIGER IST ES DARUM, JETZT LIEBEVOLL MITEINANDER UMZUGEHEN UND DIE MOMENTE ZUSAMMEN ZU GENIESSEN.

WENN ES DANN PASSIERT, DASS JEMAND STIRBT, DEN DU LIEB HAST, IST ES SEHR WICHTIG, DASS DU ÜBER DEINE GEFÜHLE SPRICHST UND DASS DIE GROSSEN DICH, WO ES GEHT, MITMACHEN LASSEN. DAS HILFT DEN KLEINEN, ABER GANZ SICHER AUCH DEN ERWACHSENEN.

Glossar

Aufbahrung/Abschiednahme: Für viele Trauernde ist es wichtig, den Verstorbenen noch einmal zu sehen und sich zu verabschieden. Der verstorbene Mensch wird dazu sichtbar auf einer Bahre oder in den offenen Sarg gelegt. In Deutschland müssen Aufbahrungszeremonien zwischen 24 bis 36 Stunden nach dem Tod durchgeführt werden. Aufbahrungen können im Haus der verstorbenen Person oder ihrer Familie, im Bestattungsinstitut oder in einem religiösen Gebäude wie einer Kapelle oder einem Tempel stattfinden.

Bestatter*in: Menschen, die sich um die Verstorbenen kümmern und die Beerdigung organisieren. Sie helfen der Familie herauszufinden, was für sie in ihrer Trauer gut sein könnte.

Buddhist*in/Buddhismus: Der Buddhismus ist eine Religion, die aus Asien stammt. Für Buddhist*innen ist es wichtig, Menschen und Tieren kein Leid zuzufügen. Sie versuchen sich nicht an weltlichen Besitz zu klammern. Sie glauben, dass sie nach dem Tod als ein anderes Tier oder ein anderer Mensch wiedergeboren werden. In manchen buddhistischen Strömungen gibt es viele verschiedene Gottheiten. Das Gotteshaus im Buddhismus nennt sich Tempel.

Friedhof: Der Ort an dem man, neben speziellen Wäldern und auf dem Meer, beigesetzt werden kann. Früher waren diese meistens direkt an einer Kirche, heute sind es oft große Parkanlagen mit vielen Gräbern.

Grab/Grabstelle: Die Grabstelle benennt den genauen Ort, an dem der Sarg oder die Urne beigesetzt worden ist. Ein Grab kann an vielen Orten sein, zum Beispiel im Meer, in einem Wald und auf einem Friedhof.

Hospiz: Spezielle Orte, an denen kranke Menschen besondere Betreuung bekommen, wenn klar ist, dass sie sterben werden. Im Gegensatz zum Krankenhaus ist im Hospiz das Ziel, Leiden zu lindern, weil der Körper nicht mehr gesund werden kann.

Islam: Muslime und Musliminnen/Muslimas, also Menschen, die an den Islam glauben, sehen in ihrem Gott (Allah) den einzigen Gott und Mohammed, der Gründer des Islam, war sein Prophet, der Allahs Willen im Koran niedergeschrieben hat. Genau wie das Christentum und das Judentum ist der Islam eine monotheistische Religion, es wird also nur an einen einzigen Gott geglaubt. Neben dem Christentum ist der Islam die zweitgrößte Religion auf der Welt. Das Gotteshaus für muslimische Menschen heißt Moschee.

Jenseits: Der Begriff des Jenseits beschreibt die Vorstellung davon, was uns nach dem Tod erwartet. Diese Vorstellungen sind häufig religiös und kulturell geprägt. Das Christentum und der Islam beispielsweise gehen davon aus, dass die Seelen Verstorbener ins Paradies oder in die Hölle eingehen, während man im buddhistischen Glauben annimmt, dass die Seele in einem neuen Körper wiedergeboren wird.

Judentum: Der Gott, an den jüdische Menschen glauben, heißt Jahwe, viele Juden und Jüdinnen sprechen den Namen aber nicht aus. Das Judentum ist die älteste der drei monotheistischen Religionen Islam, Christentum und Judentum. Die beiden Ersteren haben sich aus dem Judentum entwickelt. Das Judentum basiert auf dem Buch der Thora. Das Gotteshaus für jüdische Menschen heißt Synagoge.

Kühlraum/Leichenhalle: Um den natürlichen Zersetzungsprozess verstobener Körper zu verlangsamen, werden sie in gekühlten Räumen bei unter acht Grad Celsius gelagert. Diese befinden sich in Krankenhäusern oder Bestattungsinstituten.

Krematorium: Krematorien sind Anlagen zur Verbrennung (auch Einäscherung) Verstorbener, um eine Feuerbestattung zu ermöglichen. In diesen speziellen Öfen wird der Körper samt Sarg bei Temperaturen zwischen 800 und 1500 Grad Celsius verbrannt. Zurück bleiben etwa drei Kilogramm Asche und Knochenreste. Diese werden in Deutschland in einer Urne bestattet.

Leichenstarre: Als Leichen- oder auch Totenstarre wird die zeitweise Verhärtung der gesamten Körpermuskulatur nach dem Tod bezeichnet. Sie ist ein sicheres Anzeichen für den Tod. Die Starre tritt ein, weil sich Muskeln zwar von alleine verhärten können, der tote Körper aber keinen Wirkstoff mehr herstellen kann, der die Muskeln wieder lockert. Die Starre löst sich nach etwa 24 bis 48 Stunden wieder, wenn die Muskeln anfangen sich zu zersetzen.

Leichenwagen: Verstorbene Menschen werden in speziellen Autos transportiert. Diese sind so gebaut, dass die Menschen im Sarg hineinpassen und ermöglichen dank großer Glasscheiben einen Blick auf den Sarg.

Mekka: Mekka ist eine Stadt in Saudi-Arabien. Sie gilt als der Geburtsort des Propheten Mohammed und ist deshalb für die Muslime dieser Welt heilig. Gebete werden nach Mekka ausgerichtet und Tote mit dem Gesicht nach Mekka begraben.

Pfarrer/Priester/Imam/Rabbi: Die meisten Religionen auf der Welt haben spezielle Personen, die sich um die gläubigen Menschen kümmern und ihnen helfen, die jeweiligen Regeln der Religion einzuhalten. Im Kontext von Beerdigung und Trauer leiten diese religiösen Figuren oft die Sterbe- und Bestattungszeremonien und leisten Trauernden Beistand.

Sarg: Behältnis, meistens aus Holz, in welchem verstorbene Menschen transportiert, aufbewahrt und bei Erdbestattungen auch beerdigt werden. Särge gibt es ganz einfach bis kunstvoll verziert, ganz nach Geschmack.

Schiwa-Sitzen: In der jüdischen Trauertradition wird die trauernde Familie in den sieben Tagen nach der Beerdigung von Freunden und Bekannten mit Essen und Getränken versorgt. So wird ihnen gezeigt, dass sie nicht alleine sind, weil das ganze Umfeld vorbeikommt, um zu helfen. „Schiwa" ist das hebräische Wort für die Zahl sieben.

Trauer: Zustand, in den Menschen kommen, nachdem jemand gestorben ist. Sie ist eine Reaktion unserer Psyche und unseres Körpers auf eine große Veränderung im Leben. Trauer kann wütend, traurig, nachdenklich und manchmal auch lustig sein und verändert sich im Laufe der Zeit oder lässt nach.

Überführung: Wenn der Körper eines verstorbenen Menschen von einem Ort zum anderen gebracht wird, zum Beispiel vom Ort des Versterbens zum Bestattungsinstitut oder von dort zum Friedhof, nennt man das Überführung. Manchmal werden Verstorbene auch über lange Strecken, beispielsweise von einem Land in ein anderes überführt.

Urne: Das Behältnis, in das die Asche eines Menschen nach der Verbrennung abgefüllt wird. Darin befindet sich meistens eine Kapsel für die Asche. Die eigentliche Urne ist oft aus einem abbaubaren Material wie Holz, Papier oder Kohle.

HINTER DIESEM QR-CODE VERBIRGT SICH EIN DOWNLOAD MIT LINKS ZU WEITERFÜHRENDEN INFORMATIONEN.

Autor
Eric Wrede

Ich danke Matilda für die Inspiration, Katja für die Motivation, Cornelis für den Titel und allen bei lebensnah-Bestattungen fürs Rückenfreihalten, denn so ein Buch ist viel Arbeit und verlangt einen freien Kopf.

Eric Wrede ist einer von Deutschlands bekanntesten Bestattern und Trauerbegleitern. Er hat bei Radio I eine Sendung zum Thema Trauer und Tod, ist Kolumnist und Spiegel-Bestsellerautor. Er lebt und arbeitet in Berlin.

Illustratorin
Emily Claire Völker

Dieses Buch ist besonders für die Kinder, die viel zu früh von einem geliebten Menschen Abschied nehmen mussten oder müssen – ein Buch gegen die Sprachlosigkeit, mit der uns der Tod konfrontiert.

Emily Claire Völker setzt sich in ihrer Arbeit als Illustratorin für Nachhaltigkeit und Klimaschutz ein. Sie hat am Liverpool Institute for Performing Arts studiert und arbeitet seit 2008 als freischaffende Künstlerin.

Impressum

Bibliografische Information der Deutschen Bibliothek.

Die Deutsche Bibliothek verzeichnet diese Publikation in der Deutschen Nationalbibliografie.

Detaillierte bibliografische Daten sind im Internet über http://www.dnb.de/ abrufbar.

Bei Fragen zur Produktsicherheit wenden Sie sich an

Edition Michael Fischer GmbH

Kistlerhofstr. 70

81379 München

kontakt@emf-verlag.de

EIN BUCH DER EDITION MICHAEL FISCHER

2. Auflage 2025

Text: Eric Wrede

Illustration: Emily Claire Völker

Cover, Layout & Satz: Alexandra Wolf

Lektorat: Dagmar Hoppe, Corinna Scherr

Sensitivity Reading: Anna Cardinal, www.initial-c.de

Copyright Foto Eric Wrede: Fabian Schellhorn, Emily Claire Völker: Peter Ulrich

ISBN 978-3-7459-2407-7

Gedruckt bei Polygraf Print, Čapajevova 44, 08001 Prešov, Slowakei

www.emf-verlag.de

ILSE